Mon père, ma mère
et Sheila

Éric Romand

Mon père, ma mère et Sheila

roman

Stock

Couverture Judith Meyerson
Portrait de l'auteur : © Bénédicte Fossey

ISBN 978-2-234-08357-8

À Pierre

À Nadine, Julie et David

Londres, 1er janvier 2012. Je suis heureux. J'ai bien l'intention de jouir de ce premier voyage avec toi. De retour à l'hôtel après une longue balade, nous faisons l'amour et nous endormons l'un contre l'autre.

Je me réveille en criant. Tu sursautes.

« Ça va ?

– Oui, oui, ça va. »

Tu replonges dans un sommeil paisible que je t'envie souvent.

Ma mère aime à répéter que j'étais un nourrisson difficile : *un gueulard.*

Le médecin lui conseillait d'agrémenter mes biberons de Gardenal.

Les sièges de la Renault 12 de mes parents étaient en nylon vieil or. Le contact de mes ongles avec le tissu me faisait frissonner. En été, l'arrière transpirant de mes cuisses collait à l'assise.

Lors de nos trajets, mes parents se disputaient souvent, à voix basse, jusqu'à ce que mon père appuie sur l'accélérateur et ma mère hausse le ton :

« Quand tes gosses seront au cimetière… »

Ma sœur et moi nous cramponnions aux accoudoirs des portières.

« On est bientôt arrivés », disait ma mère pour nous rassurer.

Mes grands-parents avaient une Peugeot 504 gris métallisé intérieur cuir avec appuie-tête et de confortables accoudoirs. Ma grand-mère me cédait toujours sa place à l'avant et mon grand-père avait une anecdote pour chacune des routes que nous empruntions. Il y avait toujours une couverture pour les pique-niques, un rouleau de papier toilette dans le coffre, et un paquet de bonbons acidulés dans la boîte à gants.

La famille de ma mère, comme celle de mon père, est originaire de Saint-Genis-les-Ollières, un village des coteaux lyonnais.

Les deux familles ne se parlaient pas. « Des bêtises ! » me répondait ma mère quand je lui en demandais la raison. Mes futurs parents allaient danser tous les dimanches après-midi mais c'est au cinéma qu'ils ont échangé leur premier baiser.

« J'aime bien ce genre de pièces, souvent tirées d'histoires vraies. Ce sont les plus belles ! » C'est ce que m'a dit ma mère l'autre jour en sortant du théâtre. Nous venions d'y voir *Festen*. Elle dit préférer ça à toutes les conneries qui passent à la télévision. Les éternelles rediffusions de vieux films l'*énervent* (surtout ceux avec Louis de Funès), elle trouve les comédies romantiques *gnangnan* et la plupart des humoristes *bébêtes*.

Mon grand-père ne voulait pas donner sa fille au rejeton d'un *bon à rien* et d'une *fainéante* qui avait *couché avec la moitié du village.*

Il avait d'autres ambitions pour elle. Épicier et bâtisseur, il avait repéré un de ses fournisseurs en charcuterie ainsi qu'un maçon déjà installé à son compte dans un village riverain. Il aurait volontiers fait gendre un de ces deux gars courageux.

Il n'appréciait guère plus les six frères et sœurs de mon père. La fille aînée était toujours *saoule comme un cochon*, la deuxième avait *le feu au cul*, Joanès, le troisième, était *voleur et gigolo.* Seules Georgette et Marinette, travailleuses et discrètes, étaient des *filles bien,* au détail près que l'une avait épousé un Arabe – fils de harki mais arabe quand même – et l'autre avait toujours une cigarette au bec.

Je n'ai jamais su le vrai prénom du mari arabe de ma tante Marinette : tout le monde l'appelait Bibiche.

Bibiche vivait *comme nous*, et toute la famille s'accordait à dire que c'était un gars *bien*. Il arrivait qu'on lui demande de faire son fameux couscous.

L'épicerie de mes grands-parents était un des commerces les plus prospères de la rue Flachet à Villeurbanne. La devanture était composée de deux grandes vitrines aux soubassements couverts de mosaïques bleu clair et coiffées d'une imposante enseigne bordeaux *Épicerie Primeurs*. La porte vitrée, constamment ouverte, débouchait sur un vaste local, haut de plafond, aux murs peints en bleu ciel, dans lequel on trouvait, sur les rayons pleins à craquer, les meilleurs produits. À chaque article vendu, la consigne était d'avancer celui qui se trouvait derrière, de sorte que les clients aient toujours le sentiment que la boutique regorge de marchandise.

Mon grand-père était particulièrement fier de son étal de primeurs : le plus beau du quartier. Il manipulait ses fruits et légumes avec soin et veillait à ce que personne ne les tripote, ce qui les aurait rendus invendables.

Quand je parle de mes grands-parents, c'est toujours des parents de ma mère qu'il s'agit. Je n'ai de souvenir de ma grand-mère paternelle qu'une mémé qui regardait la vie de son fauteuil en osier.

Mon grand-père ne voulait pas de ce mariage. Il avait déjà éloigné le premier flirt de ma mère en le pistant et en lui flanquant sans mot dire une bonne correction, afin de le dissuader à jamais de s'approcher d'elle. Il usait du même procédé avec les chiens qui entraient dans la cour de sa maison lorsque Belle, sa chienne, était en chaleur.

Ma mère avait affiché sa liaison avec mon père dans le village.

Mon grand-père a donc consenti au mariage mais il a refusé la traditionnelle présentation des familles.

C'est avec une perche terminée par un crochet que ma mère était chargée d'ouvrir et fermer les lourds rideaux de fer qui sécurisaient l'épicerie. En lui imposant cet exercice matin et soir, ses parents espéraient se passer de l'intervention d'une faiseuse d'anges. Elle était tombée enceinte trop tôt.

Je ne me servais jamais des roues que contenait la boîte de Lego que j'avais reçue pour Noël. Je les aurais volontiers échangées contre quelques briques ou morceaux de toiture. J'en manquais toujours pour construire la grande maison dans laquelle j'imaginais rassembler ma famille.

Mes grands-parents réunissaient enfants et petits-enfants deux fois dans l'année : à Noël et pour la fête des Mères et des Pères que nous célébrions en même temps. Mon grand-père s'installait le premier, à un bout de table, dans le fond de la pièce afin de faciliter aux femmes l'accès à la cuisine. Ses gendres s'asseyaient à ses côtés. Lui seul débouchait les vins, découpait la viande et tranchait le pain. Trois tâches qu'il ne confiait ni aux femmes, ni à ses gendres.

La cérémonie a eu lieu le 29 juillet 1963 à 11 h 30.

Mon grand-père n'a pas convié la famille *adverse* au banquet.

Les mariés sont immédiatement partis en voyage de noces.

La mère de mon père est rentrée chez elle à pied.

Les frères et sœurs de mon père ont improvisé un déjeuner.

Mon père détestait son frère Joanès, celui qui habitait Paris.

Je ne le connaissais pas et lorsque je posais des questions à son sujet, ma mère me répondait : « Il est un peu *spécial.* »

Je fus conçu quelques jours après la noce de mes parents. Trois mois plus tôt, mon grand-père avait finalement fait avorter ma mère afin qu'elle se marie *propre* !

Curieusement, mon grand-père espérait que mes parents lui feraient une petite-fille.

Si son vœu avait été exaucé, je me serais prénommé Christine. Fâché que l'aîné de ses petits-enfants ait un zizi, il n'est pas venu voir ma bobine à la clinique.

Je m'appelle Éric.

J'aurais adoré être chanteur. Je me suis récemment mis au piano. Je prends des cours et peux m'accompagner par cœur sur *Je suis malade*. Je l'ai chanté à ma mère lors de son dernier séjour chez moi. À la fin de ma prestation, après un silence de quelques secondes, elle a levé la tête du dernier catalogue Leroy Merlin et m'a demandé : « Tes voisins ne rouspètent pas ? »

Ma tante Paulette, sœur benjamine de ma mère, habitait chez nous. Elle s'occupait de ma sœur Nadine et moi lorsque ma mère travaillait. Elle possédait un électrophone Teppaz et tous les quarante-cinq tours des chanteurs yé-yé.

L'autre jour, j'ai eu ma mère au téléphone. Elle m'a dit avoir vu Sheila chez Drucker, chez Sébastien, puis dans *Nous Deux* et *Télé Star.*

« Sheila essaie de revenir mais ça ne marche pas. »

Il arrivait que l'on parle musique dans ma famille.

Mon cousin Jean-Jacques préférait Sylvie Vartan à Sheila parce qu'elle avait un plus beau cul.

Ma mère avait le béguin pour Julio Iglesias et Sacha Distel. En revanche, elle ne supportait pas Mireille Mathieu, *maniérée et mal fagotée.*

Mon père aimait bien Gilbert Bécaud. À chacune de ses apparitions télévisuelles, il répétait : « Il a toujours sa cravate à pois ! » ou alors : « Tiens, c'est rare de le voir sans sa cravate à pois ! »

Ma grand-mère détestait Johnny Hallyday : « Il ne chante pas, il gueule ! »

Mon grand-père, lui, ne comprenait pas cette génération de chanteurs « tous infoutus de passer à la télé sans qu'une ribambelle de nègres se dandine autour d'eux ».

Leurs avis s'harmonisaient concernant le classique et l'opéra, regroupés sous le terme de *grande musique* : tous trouvaient ça chiant.

Ma mère était très fière de ses plantes d'intérieur perchées sur les porte-pots en fer forgé fabriqués par mon père. Elle disait avoir la main verte, particulièrement pour ses impatiens, que par erreur elle appelait *patiences*.

Mon père rentrait tard dans la nuit, de plus en plus tard, de plus en plus souvent.

Ma mère avait beau redoubler d'efforts pour que ma sœur et moi ne nous apercevions de rien, sa tristesse contaminait notre soupe de pâtes alphabet et gâchait le « Bonne nuit les petits ! » de Nounours.

Une fois le marchand de sable passé, elle allait guetter le reste de sa soirée à la fenêtre.

À notre demande, ma sœur et moi avons eu successivement un poisson rouge, un canari et deux chinchillas. Tous ont crevé prématurément : le poisson d'une eau non renouvelée, le canari, d'une mort non élucidée et les deux chinchillas, retrouvés pendus, à quelques jours d'intervalle, une patte coincée dans les barreaux de leur cage.

Ma mère nous reprochait de ne pas nous occuper de nos bestioles.

Quand il y avait du foot à la télé, mon père rentrait plus tôt que d'habitude. Un soir, assis devant le spectacle dont l'intérêt m'échappait, je dis qu'en donnant un ballon à chaque joueur, ils pourraient s'amuser sans se battre ! Mon père n'a sûrement pas jugé utile de m'expliquer les règles du jeu, se contentant d'un sourire jaune qui m'a mis mal à l'aise.

En bas à droite, sous l'écran de notre télévision de marque Avia, était inscrit en lettres dorées *De Luxe*. La porte latérale dissimulait les boutons de commande. Pour obtenir la première chaîne, il était recommandé de ne pas appuyer trop fort sur le bouton, au risque de voir celui de la deuxième chaîne précédemment sélectionnée se déboîter en s'éjectant.

Les plantes offertes à ma mère par ses visiteurs restaient dans leur pot d'origine, recouvert d'un cache en papier plissé, le plus souvent vert. Le nœud en bolduc ayant orné l'emballage en papier transparent trouvait sa place au milieu des feuilles. Le tout était posé sur une sous-tasse afin que l'eau des arrosages ne coule pas sur la télévision.

J'avais six ans : tous les matins, ma mère m'enlevait la lourde garniture chaude et mouillée. Les élastiques des culottes en caoutchouc m'irritaient l'entrecuisse.

L'odeur acide des couches et du plastique imprégnés de pipi me rassurait.

Ma mère refusait que ma sœur et moi participions aux tâches ménagères. Elle estimait le faire plus vite seule. Il était important pour elle que la maison soit toujours propre et parfaitement en ordre. Chaque objet était si bien à sa place qu'il en paraissait encore plus silencieux.

Sitôt levés, nous étions tous douchés, habillés, les lits étaient faits. Après chaque repas, la table était aussitôt débarrassée, la vaisselle lavée, essuyée, rangée. Le passage d'un torchon sec sur l'évier et les chromes des robinets clôturait le rituel quotidien de ma mère. Elle prouvait ainsi aux visiteurs, même impromptus, que tout allait bien.

Sans jamais l'avoir vu, je savais que mon oncle Joanès réapparaissait de temps en temps, « quand il a besoin de pognon ! » grognait mon père : « S'il remet les pieds ici, je lui fous mon poing dans la gueule ! »

Le reste de la fratrie semblait bien l'aimer.

La haine de mon père à l'égard de son frère m'intriguait : « Un pédé, une saloperie, une merde… »

Mon grand-père disait mon père *fainéant et bon à rien*.

Mon père disait mon grand-père *vieux con*.

Je les aimais tous les deux.

Il m'arrive encore de faire part de mon anxiété à ma mère.

« Tu es comme moi, c'est de famille », me rétorque-t-elle avec une inconsciente satisfaction, avant de me proposer un demi-Témesta.

Comme tous les enfants de mon âge, j'ai adressé une lettre au père Noël. J'y demandais un déguisement, sans oser préciser que c'était une robe de princesse dont je rêvais. Certain de trouver un costume de cow-boy ou d'Indien sous le sapin synthétique, j'ai rayé ma demande de la liste.

« Oh la pisseuse ! » me lançait mon père en guise de bonjour, dirigeant index et auriculaire sur moi pour symboliser les cornes de la honte. Il ajoutait que si je ne cessais pas de pisser au lit, il m'exposerait devant mes copains de classe : « Regardez la pisseuse ! » Ma mère ne parlait pas, ou alors elle lui adressait, à voix basse, un « Jean ! » qui demandait sa clémence.

Chaque fois que j'emprunte le boulevard Magenta, je m'imagine dans une des robes longues et scintillantes aux vitrines des boutiques pour mariages.

Je n'ai jamais vu mon père nu.

Les rares fois où j'ai aperçu son sexe, c'est quand j'allais aux toilettes et l'y trouvais assis sans qu'il ait verrouillé le loquet. En tirant brusquement la porte à lui, il me regardait comme si j'étais en faute.

C'est lors d'un méchoui, dont la cuisson était sous le contrôle de Bibiche, que j'ai vraiment connu mon oncle Joanès. Il avait des cheveux longs et frisés. Son regard doux et bienveillant m'attira immédiatement. Sa chambre était au dernier étage de la maison. Tandis qu'il était en train de déjeuner avec le reste de la famille, j'y suis entré. Un slip était posé en boule sur la table de nuit. Après l'avoir saisi, j'ai furtivement collé la poche kangourou à mon visage.

Le jeudi, jour de congé scolaire, j'allais déjeuner chez mes grands-parents. Un jour, pris d'une urgente envie de faire pipi au cours du trajet, je me ruai sur la sonnette de l'épicerie, fermée entre 13 et 15 heures. Ma grand-mère arriva trop tard : j'avais mouillé ma culotte. Lorsqu'elle m'ouvrit, je pleurais de honte.

« C'est pas grave ! Ça peut arriver à tout le monde ! »

J'aurais voulu habiter là. Pour toujours.

Les toilettes de l'épicerie de mes grands-parents se trouvaient dans la cour. Un WC turc en béton gris. Sur un crochet de boucher étaient piqués des papiers sulfurisés translucides de forme ronde ou carrée récupérés sur les pamplemousses, oranges et clémentines. Leur pouvoir absorbant était très relatif.

Ma tante Paulette avait quitté notre appartement quelques semaines avant son mariage, prévu le 31 juillet 1972. Pour la première fois, j'allais voir une robe de princesse *en vrai*.

Quelques bouteilles de mousseux nous attendaient après la cérémonie dans le deux-pièces des mariés. Les yeux de mon père brillaient. Lorsqu'il avait bu, il conduisait très vite. Il se vantait d'aborder les virages sans freiner. J'ai demandé à ma mère qu'elle prenne le volant pour nous rendre au *lunch*. Elle m'a prié de me taire afin de ne pas le fâcher. Lorsqu'il était ivre et fâché, il conduisait encore plus vite.

Mon grand-père m'embarquait à bord de sa Renault Estafette pour aller faire ses achats au marché de gros. La portière, coulissante côté conducteur, restait toujours ouverte, ce qui donnait au trajet un air de road trip. Nous faisions la tournée de ses fournisseurs maraîchers, fromagers, volaillers avant de nous installer au snack le temps de la préparation des commandes. Il avalait un casse-croûte, un petit blanc, et m'offrait une crêpe. Je l'aidais ensuite à charger la camionnette et nous rentrions. J'espérais qu'un jour, Renault fabriquerait des Estafette avec une portière coulissante côté passager.

Mon père m'appelait *Riquette*, en singeant mes attitudes, le petit doigt en l'air. Chacune de ses imitations me paralysait de honte et m'obligeait à me maîtriser jusqu'à ce que ni mouvement de tête, ni geste de la main ne lui fournissent l'occasion de m'affubler de ce surnom.

Mes grands-parents m'emmenaient partout avec eux : j'étais poli, me tenais bien à table, ne faisais pas de bruit et ne réclamais rien. Il m'était plus facile d'être sage que viril.

Lorsque je regarde des photos de moi enfant, je vois encore parfois une tête de fayot.

Après nous avoir envoyés dans nos chambres, mes parents se disputaient toujours à voix basse, jusqu'à ce que la porte d'entrée claque fort.

En entendant crisser les pneus de la Renault 12 qui sortait du parking, j'espérais que mon père ne reviendrait pas.

Mon père était athée. L'année de ma communion venue, il m'a dit que j'étais libre de ne pas la faire. Je voyais là l'occasion de me rapprocher de lui et j'ai donc résisté à la pression de ma famille maternelle, guère plus croyante, mais sensible au qu'en-dira-t-on.

Durant quelques semaines, je me suis senti fort et déterminé.

En vingt-cinq ans, je me suis rendu sur la tombe de mon père une dizaine de fois tout au plus. Ma mère me dit que je devrais y déposer des fleurs en plastique afin qu'elle soit toujours garnie.

Ma tante Paulette ayant emporté son électrophone, j'ai eu pour mon anniversaire un mange-disque rouge avec le dernier quarante-cinq tours de Rika Zaraï. J'écoutais la chanteuse en boucle, allongé sur le lino du salon, les yeux rivés sur la pochette, l'oreille collée contre le haut-parleur. En passant, ma mère me disait : « Si tu pouvais mettre la tête dans ce machin, tu le ferais ! »

Si j'avais pu y entrer tout entier, je l'aurais fait.

Ma mère me demandait de baisser le volume de mon électrophone sous prétexte qu'on ne s'entendait pas parler.

Elle augmentait le son du transistor et nous demandait de nous taire à l'annonce du montant de la valise RTL.

Ma grand-mère sortait la caisse en métal cachée dans la chambre froide et en étalait le contenu sur la table de la cuisine. Je l'aidais à empiler les pièces par vingt-cinq ou cinquante avant de les emmailloter dans un rouleau. On liassait les billets par dix, en prenant soin de les mettre dans le même sens, avant de les épingler en rentrant attentivement la pointe de l'épingle pour ne pas que le guichetier se pique en recomptant.

Le sol de notre appartement était recouvert de carreaux de lino beige marbrés de noir d'environ trente centimètres par trente centimètres et posés avec les veinures en quinconce. Une fois ciré, le revêtement acquérait une brillance qui accentuait sa froideur. Les semelles élastomère de nos chaussures y laissaient des traces noires et mates.

Mon père portait des bottines avec des talonnettes et des semelles plateformes. Ma mère ne portait pas de talons. Il arrivait qu'on lui fasse remarquer qu'elle était souvent *à plat*. Elle répondait discrètement adorer les escarpins mais ne pas pouvoir en mettre, esquissant en guise d'explication un mouvement de tête en direction de mon père qui faisait semblant de n'avoir rien entendu.

Marseillan-Plage
Camping Beauregard
Une tente Trigano 4 places avec auvent
Une table pliante sous l'auvent
Une Simca 1 100 vert bouteille garée à côté de la table pliante

Une bouteille de vin de table 11° de 1,5 l en plastique

Dix clampins en tongs autour de la table pliante

Une casquette trop petite sur ma tête

Il faut attendre trois heures pour se baigner.

Papa a les yeux qui brillent : il pique du nez.

Je veux être grand, que tout soit grand pour ne jamais avoir de table pliante.

La table à roulettes de la télévision était en placage acajou brillant. Fixée entre les quatre pieds dorés, une tablette, également plaquée acajou, supportait les photos de classe de ma sœur et moi ainsi qu'une poupée en coquillages rapportée de Royan par mes grands-parents.

Mon camarade de classe Philippe F. habitait la même cité que moi, à Villeurbanne. J'ai raconté à sa mère le mariage féerique de ma tante Paulette : son arrivée à l'église en calèche, le cortège de voitures anciennes qui suivait les mariés. J'étais terriblement vexé qu'elle ait ensuite dit à son fils que je mentais : elle ne connaissait même pas mes parents.

C'est mon père qui avait conduit les mariés à l'église dans sa vieille Renault 16 TL blanche, plus récente que la Citroën Dyane du jeune couple.

Pour mon anniversaire, mes parents et grands-parents s'étaient cotisés pour m'offrir un vélo. C'est un minivélo jaune que je désirais. Avant d'en faire l'achat, mes parents ont vainement tenté de me convaincre de choisir un vélo de course.

Mon cousin Jean-Jacques venait d'épouser Gladys, une *Noire* venue de Paris. Ils avaient acheté une Peugeot 304 jaune vif. Je trouvais ma nouvelle cousine et la Peugeot très belles. Ma mère ne comprenait pas qu'on achète une voiture aussi voyante, surtout quand on est noir.

Ma mère était une adepte des sous-pulls en nylon : ils passaient en machine, séchaient rapidement et ne se repassaient pas.

Col roulé l'hiver, col cheminée aux beaux jours. Nous en possédions chacun plusieurs, de couleurs différentes. Le blanc était celui du dimanche et des grandes occasions. Lorsque nous les enfilions, nos cheveux se dressaient et nos ongles s'y accrochaient. Mon père, lui, déjà sujet à une forte acné du dos, supportait mal le nouvel uniforme familial.

En machine, je ne mélange jamais le blanc et les couleurs, un principe que ma mère se dit fière de m'avoir transmis. Mes tee-shirts sont toujours parfaitement blancs, par contre, j'étends mes chaussettes en boule. Ma mère m'a offert un tourniquet à pinces spécial chaussettes.

Tous les vendredis, le chat Mickey et moi regardions mon grand-père vider les volailles que les clients avaient commandées pour leur repas dominical ; clients dont il connaissait les habitudes sur le bout des doigts. La grande brune d'en face lui demandait d'insérer deux petits-suisses dans le croupion de sa pintade, ce qui donnait selon elle une tendreté toute particulière à la viande. La mère Piaton détestait le gésier. Le vieux garçon du cours Émile-Zola voulait tous les abats dans les entrailles de son gallinacé. Une fois les bêtes recousues d'une ficelle blanche qu'il piquait savamment de sa grande aiguille, il coinçait une petite étiquette entre la cuisse et le blanc sur laquelle il écrivait le prix et le nom de chaque client, avant de les ranger dans la chambre froide.

Dans la cour, le chat Mickey déchiquetait une patte de poulet que mon grand-père lui avait jetée. Si la mère Piaton avait passé commande, Mickey avait également droit à un gésier.

Je contemplais les volailles prêtes à cuire alignées sur la grande table. J'absorbais tout ce que m'apprenait mon grand-père. Son sens de l'excellence m'éblouissait.

Je voulais travailler.

Le samedi, ma mère faisait son ménage. Elle ne voulait pas *deux gosses dans ses pattes.* Ma sœur, moins *pot de colle* que moi, restait avec elle.

Mon père m'emmenait donc *faire un tour.*

Direction : L'Escale. (Chez Martine, pour les habitués.)

L'hiver, il y jouait à la coinche ou au 421 avec ses copains, que ma mère qualifiait de *boit-sans-soif.*

Appuyé contre le grand bar en formica marron, les pieds dans un mélange de sciure et mégots, j'entendais s'entrechoquer les dés du 421 dans un brouhaha enfumé. Mes yeux étaient attirés par les cendriers Ricard en plastique jaune répartis sur les tables. Je croisais parfois le regard de mon père. Chaque fois, il me répétait : « On y va, dans cinq minutes. »

En tirant sur la paille de ma grenadine, je comptais le nombre de *piliers de bistro* qui entouraient mon père. Sachant que chacun paierait sa tournée au moins une fois, je pouvais estimer le temps que j'allais devoir patienter avant de retrouver ma chambre.

Accroché au-dessus du bar, un écriteau en plastique, en forme de parchemin, indiquait :

Ici, c'est la patronne qui commande.

Ma mère disait qu'il fallait une femme à poigne pour supporter des bonshommes toujours *entre deux vins.*

Désormais autorisé à me coucher plus tard, je découvrais, le dimanche soir, les émissions de Guy Lux. L'animateur présentait tous ses invités avec la même ferveur, mais celle qui allait devenir mon idole avait droit à un traitement particulier. Après un préambule qui provoquait aussitôt les clameurs du public, Guy Lux l'annonçait en une exclamation dont Sophie Darel se faisait l'écho.

« SHEILAAAA ! »

Au sommet de l'escalier lumineux, la chanteuse apparaissait radieuse, impeccablement coiffée, les bras grands ouverts, sous les cris hystériques de ses fans.

Assis droit et tendu sur le canapé, je fixais l'écran.

De septembre à Noël, nous passions nos week-ends dans le Jura, où mon père chassait. Avant de prendre le chemin du retour, nous avions droit à la traditionnelle photo du tableau de chasse. Lièvres et lapins étaient crochetés par la gueule. Les chasseurs avinés posaient fièrement devant la guirlande animale, photographiés par leurs épouses qui avaient passé l'après-midi à rêver d'un salon en cuir pleine fleur dans les magasins de la zone commerciale alentour.

Les samedis d'été, c'était dans la cour à l'arrière de L'Escale que mon père disputait des parties de boule lyonnaise, appelée aussi *la longue*.

Le lieu était cerné par les façades borgnes en mâchefer des immeubles voisins. Le sol en terre battue libérait une odeur d'humidité et de pipi de chien. Sur les terrains de boules, délimités par des traverses de chemin de fer qui leur servaient de bancs, mon père et ses coéquipiers regardaient, concentrés, le tir de l'adversaire, en vidant d'un coup sec le contenu de leur verre siglé Ricard.

À chaque fin de partie, mon père me promettait : « Une dernière et on y va ! »

Accoudé à une des tables en fer boiteuses, à la peinture blanche tachée de rouille, j'entendais défiler le lexique du bouliste lyonnais : *boule devant, boule glissée, boule portée, graton, pige, carreau, biberon, bouchon, trop court, dommage…*

Je redoutais les mots *revanche* et *belle*.

Ma mère enrageait, tant il était difficile de conserver leur brillance aux carreaux de lino beige et noir. Elle s'avouait découragée de faire le ménage.

Ce samedi-là, mon père n'a pas pris la direction de L'Escale. Après un long tour en voiture, il s'est arrêté sur le bord de la route et m'a demandé de l'attendre. Habitué à patienter, je n'étais pas inquiet. De temps en temps, je voyais sa tête émerger d'un des rochers du terrain vague. Il vérifiait que je restais sage dans la voiture dont il avait verrouillé les portières. Lorsqu'il a repris le volant, une femme blonde est sortie des rochers à son tour. J'ai fait comme si je n'avais rien vu.

J'ai longtemps cru avoir rêvé cette scène.

Je me ruais chaque semaine sur le dernier *Télé Poche*. Lorsque le nom de Sheila figurait sur la liste des invités de Guy Lux, je le relisais plusieurs fois. J'attendais impatiemment les trois minutes de visite de mon amie cathodique, redoutant que mon père opte pour le film programmé sur l'autre chaîne.

Aujourd'hui encore, lorsque ma mère a eu le temps de finir son ménage, dessus des armoires compris, elle exprime satisfaite : « Je suis bien contente, y a du mal de fait ! »

Lorsqu'elle a eu le courage de faire aussi les vitres, elle se dit *tranquille pour un moment.*

J'étais devenu assez proche d'Abel B., un garçon de ma classe de CE1. Il me faisait rire, je le faisais rire aussi. Il avait quelque chose de différent des autres, quelque chose qui me mettait en émoi : sentiment que je percevais réciproque. J'étais particulièrement excité de partir en classe de neige avec lui. J'ai pris son zizi dans ma bouche une première fois alors que nous étions seuls dans le dortoir. Le lendemain, il m'a demandé de recommencer après avoir invité tous les garçons du chalet. La scène les faisait beaucoup rire. Je ne ressentais ni honte, ni gêne. Il me souriait. Je crois que j'étais amoureux de lui.

La bouteille de pastis, apéritif préféré de mes parents et leurs amis, était omniprésente dans le bar de notre nouveau bahut *living*. Ma mère prenait toujours une momie : demi-dose dans un petit verre, format qu'elle jugeait plus féminin. La bouteille était coiffée d'un doseur que mon père nommait la *couille*, ce qui faisait rigoler les hommes. Les femmes retenaient leurs rires en simulant devant les enfants une pudeur offusquée. Les autres gosses ricanaient, moi, j'étais gêné.

Lors des longs trajets en Renault 12 avec mes parents, je regardais les plaques minéralogiques des véhicules que nous croisions. Je choisissais silencieusement un département et me disais que si je voyais ce numéro plus de dix fois en dix minutes, c'est que j'étais pédé.

Pour m'occuper lors de ses interminables parties de belote à L'Escale, mon père me donnait une pièce que j'introduisais dans le distributeur de cacahuètes rouge posé sur le bar. À genoux sur le tabouret, j'actionnais la molette en inox et regardais les cacahuètes enveloppées de leur peau brune glisser sur le petit toboggan. Je m'interrogeais sur le système permettant de doser exactement ce que contenait la coupelle en plastique. J'engloutissais mes cacahuètes sans oublier les morceaux de peau grillé que j'attrapais en mouillant mon doigt.

De retour à la maison, je constatais que ma mère avait encore une fois modifié la disposition des meubles. Elle disait que ça changeait un peu.

Les yeux rivés sur le petit écran, je commentais la nouvelle robe de Sheila et m'appropriais vite le refrain guilleret de sa dernière chanson. Mes commentaires ponctués de « J'adore ! » ne trouvaient pas écho dans la maison. Le regard glacial de mon père et celui désespéré de ma mère stoppaient net mon enthousiasme.

Le caoutchouc, perché sur une sellette dans un coin du salon, ne bougeait jamais. Épinglée par des crochets X le long de l'angle du mur, la plante exotique serpentait au-dessus du canapé. Ma mère en nettoyait les feuilles avec de la bière pour les faire briller.

De retour de classe de neige, nous avions repris le rythme scolaire habituel. Un matin, avant de commencer son cours, Mme Rudsky, notre institutrice, nous demanda, à Abel et moi, de la suivre dans le couloir. Elle nous fixa quelques instants et nous gifla l'un après l'autre sans explication. Nous sommes retournés en classe, silencieux.

À la fin de ce mois de février, elle inscrivit sur mon carnet de correspondance : « Élève très turbulent ! »

Le napperon sur lequel reposait notre téléphone était en crochet. Pour composer un numéro sur le cadran, il fallait tenir l'appareil afin qu'il ne glisse pas.

Tétanisé chaque fois que le téléphone sonnait, j'appréhendais que mes parents apprennent mes turbulences en classe de neige.

Mes notes du mois de mars furent excellentes. Mme Rudsky inscrivit alors sur mon carnet de correspondance : « Éric essaie de se maîtriser, c'est bien. »

En vacances, le week-end, ou parfois même la semaine devant la télé, mon père enfourchait une chaise, offrant son dos à ma mère, qui prenait plaisir à percer ses boutons. Je ne la voyais jamais se laver les mains ensuite alors qu'elle me disait toujours d'un air dégoûté : « Rince les fruits avant de les manger ! Tout le monde les touche, même les Arabes ! »

Ma mère aimait bien notre cousine Gladys. Elle la jugeait plutôt jolie et chanceuse de ne pas avoir de trop gros traits. Elle la trouvait aussi très propre, ajoutant que Gladys redoublait certainement d'efforts pour ne pas avoir d'odeur. « Y a rien à faire, ces peaux-là sentent vite fort », ajoutait-elle en plissant le nez.

Lorsque les amis de mes parents passaient à la maison et que les vitres n'étaient pas faites, ma mère leur disait immédiatement : « Surtout, ne regardez pas mes vitres, elles ne sont pas faites. » Tout le monde les lorgnait alors du coin de l'œil.

En rentrant de L'Escale, je me réfugiais dans ma chambre. Un électrophone à distributeur de quarante-cinq tours venait de remplacer mon mange-disque. Après avoir délicatement dépoussiéré le saphir, j'écoutais, allongé sur mon lit, dix vinyles d'affilée en fixant les posters punaisés aux murs. J'attendais impatiemment le dimanche soir.

Après avoir soigneusement vérifié que j'étais seul dans l'appartement, je me glissais dans la taie du traversin. J'admirais ma cambrure, mes fesses rebondies et mes jambes encore imberbes que le fourreau improvisé mettait en valeur. Le drap du lit noué autour de mes hanches finissait la robe longue et froufrouteuse dont je rêvais. Face au miroir de la porte centrale de l'armoire, j'allongeais ma silhouette en me hissant sur la pointe des pieds et commençais à imiter silencieusement Sheila.

J'ai oublié les noms et visages des élèves de ma classe de CE1, sauf ceux d'Abel B.

Un samedi où mon père et moi étions rentrés tard, je répondais aux questions de ma mère pendant qu'il était aux toilettes :

« Vous étiez où ?

– Au café.

– Quel café ?

– Un nouveau café que je ne connais pas.

– Il y avait qui ?

– Une dame blonde.

– Comment s'appelait-elle ?

– Je sais pas.

– Ton père la connaissait ?

– Oui, il lui a fait la bise. Elle était gentille. Pourquoi ?

– Pour rien. »

Le premier travail que m'ont confié mes grands-parents était d'aller faire le tour du quartier en passant devant les deux épiceries concurrentes. Je devais regarder discrètement si celles-ci avaient des clients et combien, afin de faire mon rapport au retour. Ils me chargeaient de cette mission chaque fois que leur commerce manquait de trafic. Je constatais avec une certaine fierté que, lorsqu'il y avait peu de clients chez mes grands-parents, il y en avait encore moins dans les autres commerces.

Il manquait un chien à la panoplie de chasse de mon père. Ma mère a cédé à condition qu'il soit à poil ras : « Pas question d'en avoir partout dans l'appartement ! » Notre chiot, Pirate, avait une tache marron sur un côté de la tête, qui confondait la couleur de son œil avec celle de son pelage.

À lui aussi, ma mère répétait sans cesse de *ne pas rester dans ses pattes.*

« Qu'est-ce que t'es allé raconter à ta mère ?

– Elle m'a demandé où on était.

– Pourquoi tu lui as dit que j'ai embrassé une femme ? »

C'est pendant le shooting d'un roman-photo pour *Télé Poche* que Sheila est tombée amoureuse de Ringo. Leur idylle étalée dans les journaux me laissait froid.

Un matin, Pirate n'était plus là. Ma mère nous a dit qu'il s'était sauvé. Nous n'avons plus jamais parlé de lui.

« Votre mère est à l'hôpital. Rien de grave. »

Mon père nous a emmenés chez une tante, à la campagne, pour le week-end. En chemin, nous sommes passés devant la clinique Jeanne-d'Arc où séjournait ma mère.

« Les enfants ne sont pas admis. »

J'ai pensé : « Pourquoi ne vient-elle pas jusqu'à la fenêtre nous faire un coucou ? »

Ma grand-mère me laissait dresser la table pour Noël. Je recouvrais la toile cirée d'une nappe blanche, sortais la jolie vaisselle, l'argenterie et deux verres en cristal par personne. Je m'essayais, en vain, à plier les serviettes en forme de cornets pareils à ceux que j'avais vus dans les restaurants. Sitôt mes parents, oncles, tantes et cousins arrivés, les femmes entonnaient presque en chœur : « Oh là là ! Tu as mis les p'tits plats dans les grands ! » Avant d'ajouter : « C'est encore nous qui allons devoir laver tout ça ! »

Je rêvais d'un couvre-lit en fourrure, le même que celui de Mike Brant, en photo dans le magazine *Podium*. J'avais repéré sur le catalogue de La Redoute un modèle ressemblant, en acrylique. C'est celui-là que j'ai commandé pour Noël. J'ai reçu un dessus-de-lit en chenille moutarde.

Mike Brant s'est suicidé quelques mois après.

Ma mère met un point d'honneur à ce que les lits de sa maison soient faits tous les matins au cas, par exemple, où elle devrait appeler le médecin d'urgence. Elle se targue aussi d'avoir des sous-vêtements bien blancs, sans trou ni accroc, afin de ne pas être prise en défaut s'il lui arrivait un accident et qu'on devait l'emmener à l'hôpital.

« Alors Éric, quoi de neuf à Paris ? »

Depuis quelques années, c'est ma mère qui nous reçoit pour Noël.

APÉRITIF

- **Mini-pâté en croûte**

Ma mère nous demande si on a bien fermé le portail.

- **Feuilletés surgelés divers (saucisse, fromage, anchois)**

Ceux aux anchois sont les moins prisés.

- **Cacahuètes grillées**

« Cool ! répète ma mère en faisant des allers-retours à la cuisine. On a le temps, c'est férié ! »

L'apéritif se prolonge devant le JT de TF1.

- **« Boîte de Curly à quatre compartiments (goûts fromage, cacahuètes, tomates, oignons)**

Ma mère nous dit d'arrêter de piocher dans ces cochonneries qui vont nous couper la faim et annonce le menu, angoissée à l'idée qu'il n'y ait pas assez à manger.

ENTRÉE

- **Saumon fumé avec beurre et citron**

La télévision reste allumée avec le son au minimum.

- **Bloc de foie gras avec pain de mie grillé et gelée**

Ma mère demande à mon neveu des nouvelles de sa voiture.

- **Demi-langouste surgelée mayonnaise**

On trouve les langoustes plus caoutchouteuses que l'année dernière. Ma mère répond qu'elle les a fait cuire de la même façon.

PLAT

- **Rôti de bœuf avec haricots verts et pommes de terre sautées**

Ma mère demande à ma sœur si elle a suffisamment de fuel dans sa cuve pour l'hiver.

Trou normand, plateau de fromages

DESSERT

• **Bûche**
Deux bûches de parfums différents. Personne n'aime vraiment cela mais ma mère dit que c'est pour marquer le coup.

Café et pousse-café
avec assortiment Jeff de Bruges

« Alors Éric, c'est tout ce qu'il y a de neuf à Paris ? »

Les déjeuners de la semaine se déroulaient devant *Midi Première*, émission de variétés présentée par Danièle Gilbert et souvent diffusée en direct de villes de province. Les artistes venaient y chanter leur dernier quarante-cinq tours en play-back. On les voyait arpenter les rues en manteau de fourrure, bousculés par les spectateurs dans une ambiance de foire. On devinait à l'image tout à coup tremblante le trébuchement d'un cameraman, à la bande-son qui tardait à démarrer un câble malmené par la foule. Les artistes réagissaient plus ou moins bien à l'emballement inopiné du magnéto ou au bisou volé d'un fan agglutiné derrière la barrière de sécurité. Sheila, elle, continuait, en toutes circonstances, à chanter, tout sourires.

Ma sœur Nadine et moi allions à l'école ensemble. Dans le bus bondé, j'improvisais parfois haut et fort des souvenirs de vacances que nous aurions passées en famille dans notre superbe maison du Midi, avec piscine. Nadine, un peu gênée, jouait le jeu, éberluée par mes mensonges.

J'étais impressionné par Igor, un camarade de ma classe de CM2. Durant le trajet entre l'école et la piscine municipale, je me rapprochais de lui, espérant ainsi partager la même cabine. Il était grand et son sexe avait la taille de celui d'un adulte. J'aurais aimé qu'il me serre contre lui lorsqu'il était nu.

Nadine m'avait surpris en train de me maquiller sur le chemin de l'école. Quand je suis rentré pour le déjeuner, mes parents et elle étaient déjà à table. D'un signe de l'index, mon père m'a demandé d'approcher et, découvrant une trace de rimmel, m'a flanqué deux gifles retentissantes. Je n'ai pas pleuré, ma mère n'a rien dit et nous avons mangé.

Le soir, c'est devant l'émission *Les Jeux de 20 heures*, instructive selon ma mère, que nous dînions. Aucun d'entre nous ne participait aux épreuves de culture ni de vocabulaire, encore moins à la recherche de la phrase alambiquée de Maître Capello. Tous craignions de dire une bêtise. Nous regardions donc en silence les jeux de l'adjectif, du dico, et autre ping-pong verbal. Au ni oui ni non, lorsqu'un candidat prononçait un des mots interdits, mes parents s'exclamaient : « Quel con ! »

Mon cousin Fabrice m'avait rapporté que ma mère s'était confiée à la sienne : elle était inquiète quant à la nature de mes jeux, de mes goûts et ne savait pas quoi faire de moi. Je craignais que Fabrice me rejette.

Sous la surveillance de mes grands-parents, j'effectuais de plus en plus de tâches que je maîtrisais de mieux en mieux. Je disposais les articles en rayon, étiquetais les produits, déchargeais les colis légers de l'Estafette, ce qui me valait régulièrement une pièce de cinq francs – de préférence en argent. Une chope de bière me servait de cagnotte.

Le petit guichet de poste qu'avait reçu Nadine pour Noël contenait des accessoires plus vrais que nature : tampons, télégrammes, enveloppes… Bien plus intéressé par ce cadeau que par ceux que j'avais reçus, je vendais, oblitérais, affranchissais, mandatais avec un sens du service que mes grands-parents me transmettaient. Ce qui me valut de la part de mon père le nouveau surnom de *Postière*.

La majeure partie de ma cagnotte me servait à acheter les quarante-cinq tours que Sheila sortait à une fréquence effrénée. J'écrivais mon prénom sur les pochettes et les classais dans le range-disque de la table de mon électrophone.

J'étais devenu un préadolescent grassouillet et mon minivélo jaune s'avérait trop petit. Pour l'anniversaire à venir, j'ai demandé un modèle *de course*, comme celui de mon cousin Fabrice. Mes parents ont immédiatement dit oui et l'ont choisi bleu. Ma complicité grandissante avec Fabrice n'était pas pour leur déplaire : il avait une bonne influence sur moi.

Le dimanche après-midi, mes parents nous envoyaient souvent jouer au square en bas de l'immeuble. J'hésitais toujours avant de remonter. Quand je sonnais, il fallait souvent que j'attende quelques minutes avant que ma mère m'ouvre. Sa tête chiffonnée et son accueil glacial me signifiaient que je dérangeais. Dans ces moments-là, je ne savais jamais si mes parents étaient en train de s'engueuler ou de faire l'amour.

Bien que déçu par la dégoulinante coiffe de roses en tissu qu'avait choisie Sheila pour son mariage, je la trouvais toujours aussi belle.

Son époux était inexistant à mes yeux. Que Sheila se marie me faisait un peu chier.

L'année scolaire touchait à sa fin, mes parents m'accompagnèrent à la kermesse de l'école. J'avais activement participé à l'élaboration des différents stands. J'aimais particulièrement celui des boîtes de conserve que l'on dégommait avec des balles faites de vieux collants compilés.

J'ai perdu peu à peu mon enthousiasme, voyant que mes parents ne s'y amusaient pas. Nous en avons fait le tour comme si nous visitions une famille endeuillée.

Dernièrement, ma mère m'a avoué que c'est à la suite d'une violente dispute entre mon père et elle que Pirate a disparu. D'un *coup de voiture*, il a été remercié et laissé sur le bord d'une route. Parfois, je pense à lui, espérant qu'il a trouvé refuge plus paisible.

Du collège où je débutais ma sixième, je rentrais seul par le bus 38. Un jour, descendu à l'arrêt Gratte-Ciel pour terminer mon trajet en regardant les vitrines, je suis passé devant les toilettes publiques. J'y suis entré. Je percevais une ambiance étrange et attirante. L'odeur m'excitait : une odeur de mâle, une odeur d'amour. Quand j'en suis sorti, un homme me suivait. Il m'a fait signe de le rejoindre dans l'allée d'un immeuble. Il ressemblait un peu à mon père.

Je me suis arrêté, l'ai regardé, faisant semblant de m'intéresser à une vitrine. Je l'ai regardé à nouveau, puis la vitrine, puis lui, puis la vitrine... Ses signes devenaient de plus en plus insistants.

J'avais terriblement envie de le suivre.

Je suis rentré chez moi.

Sheila et Ringo faisaient la une des mensuels *Salut* et *Podium* en compagnie de leur bébé. Les clichés de la petite famille réunie sur le lit de la clinique ne m'intéressaient pas. J'étais impatient de retrouver la vedette en combinaison lamée qui esquissait ses pas de danse en projetant le fil de son micro avec une aisance que, muni du rasoir électrique de mon grand-père, je tentais d'égaler.

Mes camarades de sixième m'appelaient *Bouboule*. Surnom que m'avaient attribué Didier R. et Frédéric B., les deux beaux gosses du collège Notre-Dame-de-Bon-Secours. En classe j'étais toujours assis à côté d'eux. Ils ne m'y invitaient pas mais ne me rejetaient pas non plus.

Qu'elle soit lisse ou à nœuds, je ne réussissais jamais à grimper à une corde. Malgré les brèves explications de mon professeur de gym, mes bras ne me soulevaient pas. Si par bonheur je gagnais vingt centimètres au prix de la paume de mes mains, la semelle de mes baskets glissait lentement jusqu'au nœud du bas. Épuisé, j'attendais, les deux pieds crispés sur la corde dodelinante, que le prof juge mes tentatives sans espoir et m'autorise à descendre.

« Tu ne vas quand même pas devenir une tantouse ! » m'a soudainement balancé ma tante Paulette alors que je lui chantais *Quel tempérament de feu*, le dernier tube de mon idole. Mon père, lui, disait *tata*.

Renault 12 flambant neuve, appartement entièrement retapissé, nouveau living de chez Levitan : mon père venait de faire un petit héritage. Le ménage de mes parents semblait mieux se porter. Après le poulet rôti du dimanche midi, ils nous emmenaient prendre l'air dans la nouvelle zone commerciale de Saint-Priest. Nous visitions successivement les concessions Caravelair, Maisons Phénix et le nouveau Conforama dont je me rappelle les grands parkings avec de petits arbres. Mes parents projetaient d'acquérir tantôt une plus grande caravane, tantôt un pavillon plain-pied préfabriqué. Nous rentrions parfois avec une bricole achetée à Confo.

Frédéric B. m'a interpellé en cours pour me demander avec un regard mi-excité, mi-amusé : « T'as de la jute ? » J'ai senti mon visage rougir et lui ai rétorqué d'emblée : « Bien sûr ! » avec autant de conviction que possible.

Je n'avais aucune idée de quoi il s'agissait mais je comprenais qu'il était préférable d'en avoir.

Ma grand-mère détestait les cheveux transpirants de Johnny Hallyday. En revanche, elle aimait beaucoup la coiffure – longue mais bien peignée – de Michel Drucker qu'elle me conseillait de prendre pour modèle.

Sur l'enveloppe publicitaire que ma mère avait jetée, il était écrit : « Devenez l'heureux gagnant du tirage au sort de 10 000 francs ! » Après l'avoir ouverte, je me suis aperçu qu'il suffisait de commander deux livres qui, de plus, étaient offerts. J'ai choisi l'encyclopédie de la vie sexuelle et un manuel pratique de médecine.

Quand le colis est arrivé, j'étais fier de mon coup, jusqu'à ce que ma mère me montre la facture :

« Nous n'avons pas cet argent, il va falloir que tu paies ! »

Ne possédant pas la somme nécessaire dans ma tirelire, je craignais que, par ma faute, mes parents soient aux prises avec la justice.

J'avais prévu de leur offrir le chèque de dix mille francs. J'imaginais la vie plus belle si mes parents devenaient riches.

Pendant les intercours, Frédéric B. invitait Joëlle, une des filles de notre classe, amoureuse de lui, à le suivre à l'extérieur du collège. Il la coinçait entre deux voitures et lui demandait de se laisser toucher la chatte, par lui, et ensuite par ses copains. J'étais excité. Il m'avait invité à venir toucher aussi. J'ai posé ma main sur la toison de l'adolescente qui en avait aussi peu envie que moi. C'est l'excitation de mes copains qui me mettait en émoi, pas la chatte de Joëlle.

Je ne connaissais pas vraiment la signification de *tantouse,* pas plus que celle de *tata* mais j'avais entendu qu'il s'agissait d'hommes qui faisaient entre eux *des saloperies en douce.*

Ma mère avait minci et n'avait jamais été aussi jolie. Elle portait des chemisiers en coton fin, près du corps, dont elle laissait les trois derniers boutons ouverts. Elle venait de s'acheter la toute nouvelle Renault 5. Mes parents ne se parlaient quasiment plus.

Frédéric B. m'avait défié de le suivre aux Galeries Lafayette pour *piquer des trucs*. Sur place, je fus interpellé au bout de quelques minutes. J'avais demandé un sac plastique à la caisse.

Mon cousin Fabrice était mon meilleur copain. Je lui parlais de Sheila, lui écoutait Deep Purple ; il me parlait de football, je n'y connaissais rien. Il m'accordait son amitié sans conditions : la mienne pour lui était sans ambiguïté, même lorsque, plus tard, nous avons partagé ensemble nos premières branlettes.

Mon père est né un 17 décembre.

Ma mère dit qu'elle n'attache pas tellement d'importance aux anniversaires.

Le 17 décembre 1976, elle a annoncé à mon père sa décision de divorcer.

Pour fêter ce double événement, il a sorti son fusil et l'a braqué sur elle.

« Tu ne vas pas faire ça devant tes gamins ! »

Comme chaque Noël, ma grand-mère avait mis ses rallonges à la table, devenue aussi longue que la salle à manger. L'année de mes douze ans, j'ai eu pour la première fois le droit de déjeuner avec les grands. Les hommes discutaient à un bout de la table et les femmes se regroupaient à l'autre bout pour parler chiffons.

J'étais presque un homme et j'aimais bien parler chiffons. J'avais le cul entre deux chaises.

Journal d'un divorce à l'amiable

Samedi

Ma mère m'annonce que mon père et elle divorcent.

À ma question : « Pourquoi ? », elle me répond que ça ne me regarde pas, que ce sont des histoires d'adultes.

Dimanche

Mon père n'a pas l'air d'accord pour divorcer et me dit que ma mère couche avec Michel, un copain de chasse à lui. Il est nerveux.

Lundi

Je demande à ma mère s'il y a quelqu'un d'autre dans sa vie.

Elle m'assure que non, qu'il ne faut pas juger ses parents. Elle est froide.

Mercredi

Mon père me dit que ma mère est une salope et une menteuse.

Jeudi

Ma mère me montre ses bras couverts de bleus.

Samedi

Ma mère me fait constater sa garde-robe, que mon père a entièrement déchirée la veille.

Elle est triste.

Je lui dis que je souhaite aller vivre avec elle.

Sheila avait troqué robes longues et barrettes pour un short à paillettes et des bottes roses. Elle chantait en anglais. J'aimais moins, mais continuais de traquer ses apparitions. Malgré la barrière de la langue, son sourire éclatant et son regard droit vers la caméra continuaient à me fasciner.

Ma mère disait que, pour son âge, Sheila était déjà bien ridée.

Mon père est entré dans ma chambre et a regardé pour la première fois les disques que j'étais en train d'écouter. Calme et gentil, il tentait d'engager la conversation. Je ne trouvais rien à lui dire. Il a quitté ma chambre doucement.

Verdict d'un divorce à l'amiable

Ma mère propose à mon père un divorce à l'amiable, moins coûteux en frais d'avocat.

Mon père accepte à condition qu'il ait la garde d'un des enfants.

Ma mère m'annonce qu'en tant que garçon raisonnable, c'est moi qui irai vivre avec mon père.

Allongé sur mon lit, je fixais le plafond.

Ouverture de placard. Silence. Fermeture de placard. Ouverture de placard. Silence. Fermeture de placard… Aux bruits qui me parvenaient, j'imaginais ma mère lister, recenser, réfléchir…

Me retenir de respirer apaisait mon thorax lesté de plomb.

Ma mère n'a pas sa pareille pour organiser un déménagement. Elle prévoit tout : cartons, scotch, papier bulle…

Elle se vante souvent d'avoir ce talent.

Pour mes quatorze ans à venir, j'ai fait promettre à ma mère de m'acheter une mobylette, pratique pour effectuer les trajets entre les deux foyers. Elle était d'accord pour en financer la moitié si mon père payait l'autre. Mon père m'a dit oui.

Mon père avait tout prévu. Un samedi, il m'a proposé de passer la journée avec lui. Dans l'escalier, il m'a fait rigoler quand, en apercevant notre gardienne boiteuse, il m'a poussé du coude : « Tiens, voilà Jambe d'Osier ! »

Nous sommes partis en voiture en direction de Saint-Genis-les-Ollières, où vivait une grande partie de notre famille, et surtout mon cousin Fabrice.

« J'adore cette chanson ! » m'a-t-il confié en montant le son de l'autoradio qui diffusait *Le Carnet à spirale*, de William Sheller.

Nous sommes passés devant la petite maison qu'il disait avoir louée pour lui et moi, tout près du collège de Fabrice dans lequel il a promis de m'inscrire, puis nous sommes arrêtés chez ses frères et sœurs. Mon père semblait heureux de leur raconter l'organisation de notre vie future.

Je me sentais important.

selle et le linge que ma mère avait
sement emballés et répartis en deux
les distinctes trônaient au centre du séjour. Les cartons marqués *Vêtements Nadine* étaient dans la pile de ma mère, les miens étaient dans celle de mon père, à côté de son fusil de chasse.

Ma mère avait organisé un séjour à la campagne avec des amis. La présence de Michel, ex-copain de chasse de mon père, la rendait légère. Ils partageaient la même chambre. Je n'ai posé aucune question.

Dans leurs entourages respectifs, chacun de nos parents évoquait désormais l'autre par *leur mère* ou *leur père,* comme s'ils ne se connaissaient pas.

Peu habitué à l'intérêt que me portait mon père, j'avais parfois le sentiment que ma présence servait surtout à flatter son orgueil malmené.

Tout compte fait, je m'estimais plus chanceux que ma sœur Nadine : elle devait suivre ma mère, qui emménageait finalement avec Michel... dans le Jura.

« Geneviève va habiter avec nous », m'a annoncé mon père en me présentant sa nouvelle compagne. Un jour de juin, alors que je terminais ma scolarité à Notre-Dame-de-Bon-Secours, ils sont passés me voir pendant mon cours de gymnastique.

Geneviève et moi nous sommes dit bonjour à travers le grillage.

Le séjour à la campagne avec les amis de ma mère avait débuté par une balade dans le Beaujolais. Au milieu de la nuit suivante, des appels venant de l'extérieur nous ont réveillés. À travers les persiennes, j'apercevais mon père ramper dans le jardin, son fusil pointé vers la maison. Ma mère m'a demandé de m'éloigner de la fenêtre.

Je suis passé plusieurs fois devant la maison que mon père devait louer pour nous, jusqu'au jour où j'ai constaté que d'autres y avaient emménagé.

J'ai découvert notre nouvel appartement en arrivant au bâtiment 1, allée D du 10 avenue de Ménival, situé à quelques arrêts de bus du lieu de travail de Geneviève, mais à une heure de trajet de mon futur collège.

Les camarades de Fabrice étaient, comme lui, tous fans de football.

Invité à participer aux matchs après la cantine, je me postais sur le terrain en priant pour que personne ne me passe le ballon. Lorsqu'il m'arrivait dans les pieds, mes tirs aléatoires faisaient la joie de l'équipe adverse. J'ai très vite été moins sollicité.

Argentina 78 : une partie de mon argent de poche me servait à acheter les sachets d'images autocollantes Panini. Je complétais minutieusement et sans enthousiasme l'album de la Coupe du monde, ne connaissant aucun des joueurs dont j'échangeais les photos doublons avec les autres garçons.

Je pensais que Sheila, qui s'exprimait désormais dans la langue des Kool and the Gang, remporterait l'adhésion de mes copains et copines de collège. J'ai subrepticement tenté de placer *Love me Baby* dans une boum du samedi après-midi. Tous ont jugé ça nul. J'ai dit que le disque était à ma sœur.

Mon père tardait à acheter la mobylette promise. Ils venaient, avec Geneviève, de s'offrir un lit, une armoire et deux chevets en noyer massif de style Louis XV, qui juraient avec le sol en gerflex noir veiné de beige et le papier peint géométrique orange et marron posé par d'anciens locataires.

Parmi les élèves de quatrième, ce n'était plus moi le *bouboule* de service. J'avais minci, portais une mèche sur le côté et des jeans serrés en velours à fines côtes. Ma voix était devenue grave et puissante. Mes bras et mes jambes s'étaient musclés, couverts de la quantité idéale de poils.

Lors de nos déplacements en voiture, ma mère gardait un œil rivé sur le rétroviseur. Au détour d'une conversation d'adultes, j'avais entendu que mon père venait jusque dans le Jura pour la pister.

Le soir, installés sur le canapé, Geneviève, mon père et moi regardions la télévision. Lorsque je me trouvais à côté de mon père, je prenais parfois conscience, troublé, que nos cuisses se touchaient. Immanquablement, il retirait légèrement la sienne avant d'enlacer de son bras les épaules de Geneviève pour la serrer contre lui.

Collège Jean-Rostand

Mon voisin de classe
« Tu es pour l'OL ou Saint-Étienne ? »
Moi
« Euh… Et toi ? »

Mon voisin de classe
« Saint-Étienne. »
Moi
« Moi aussi. »

Mon voisin de cantine
« Tu es pour l'OL ou Saint-Étienne ? »
Moi
« Euh… Et toi ? »

Mon voisin de cantine
« L'OL. »
Moi
« Moi aussi. »

Mon voisin de bus
« Tu es pour l'OL ou Saint-Étienne ? »
Moi
« Euh… Et toi ? »

Mon voisin de bus
« Toi d'abord. »
Je rougis. Il a une écharpe verte.
Moi
« Euh… Saint-Étienne ? »

Négo-médiation

Geneviève me demande d'attendre un peu pour la mobylette : mon père et elle doivent la budgéter.

Je m'en plains à ma mère.

Ma mère me fait remarquer qu'elle, elle a anticipé l'achat en mettant l'argent de côté.

Je le répète à mon père.

Mon père me rétorque que si ma mère a du pognon, elle n'a qu'à l'acheter elle-même.

Je transmets à ma mère.

Ma mère me signale qu'elle et mon père ont touché la même somme lors de la vente de leur appartement. Elle me demande ce qu'il a fait de cet argent.

J'use de l'argument auprès de mon père.

Mon père me rétorque qu'il n'a pas de comptes à rendre à ma mère : « Qu'elle s'occupe de ses fesses ! »

Je n'ose pas évoquer à mon père sa dépense pour la chambre Louis XV.

Je suggère à ma mère d'envoyer d'abord son chèque afin que mon père n'ait pas à avancer la totalité.

Ma mère cède et me donne la somme à remettre mon père.

Mon père me reproche d'être allé pleurnicher dans les jupes de ma mère.

Geneviève dit que tout ça n'est pas bien grave : que mon père et elle paieront leur part en deux fois.

Geneviève et mon père sont allés m'acheter la mobylette.

« Romand, il est super beau ! »

« Romand, il a une belle voix ! »

« Tu crois que Romand voudrait sortir avec moi ? »

« La fille là-bas, elle est amoureuse de toi. Qu'est-ce que je lui dis ? »

J'étais discrédité en football mais j'avais la chance d'intégrer le top ten des « beaux gosses ». Mon succès auprès des filles provoquait l'envie et forçait le respect des garçons moins gâtés par la nature. Je me suis saisi de l'intérêt que je suscitais enfin.

Sorti du collège plus tôt que prévu, j'entendais en traversant l'appartement mon père et

Geneviève faire l'amour. De ma chambre, je m'efforçais d'ignorer les bruits que je percevais mais j'ai été frappé par le « Je t'aime » que mon père a crié à Geneviève en jouissant.

Quand j'ai découvert ma mobylette, je n'ai pas osé dire à Geneviève et mon père qu'elle n'était pas de la couleur dont nous avions convenu. Je leur ai juste demandé s'il était possible d'enlever les clignotants : quatre grosses verrues noires de part et d'autre du guidon et du porte-bagages.

« C'était la seule disponible ! Tu vas pas commencer à la désosser ! »

Mon arrivée au collège a aussitôt provoqué les moqueries de mes camarades.

« C'est quoi cette mobylette de vieux ! »

Prospectus

Idéalement situé sur la commune de La Balme-les-Grottes à seulement 40 mn de Lyon, le camping Beauséjour est ouvert toute l'année…

Si vous tombez sous le charme de la région et décidez d'y venir régulièrement, le camping

Beauséjour vous propose sa « formule résidentielle ».

Geneviève et mon père ont loué l'emplacement numéro 27.

Camping Beauséjour
Emplacement numéro 27

Je n'ose pas aller me présenter au groupe d'ados à la piscine.

Mon père a invité les voisins pour l'apéro.

Homme :

« À son âge, fallait pas me prier pour aller lever les gonzesses ! »

Femme :

« Peut-être que les filles l'intéressent pas ? »

Homme :

« J'espère qu'il est pas de la jaquette ! »

Femme :

« Beau comme il est, ça serait dommage ! Encore un de perdu pour nous ! »

Homme :

« Arrête tes conneries. »

Femme :

« Et alors, chacun fait ce qu'il veut ! »

Homme :

« Ah mais moi j'ai rien contre ! Si ça peut leur faire du bien. Tant qu'ils me demandent pas de participer. »

Mon père :

« Deux femmes qui couchent ensemble, c'est pas pareil, surtout si elles m'invitent. »

Tous (*rires*) :

« Qu'il est con celui-là ! »

Les enfants aimaient beaucoup mon père. Dans la piscine du camping, il les prenait sur ses épaules, d'où les gosses surexcités plongeaient plusieurs fois de suite sans relâche. Allongé sur ma serviette, je les regardais en pensant que si mon père n'avait jamais joué avec moi, c'est que j'avais déjà *des saloperies en tête.*

Mes nouveaux copains et moi allions au cinéma tous les samedis après-midi par le bus 73 que nous prenions au terminus Craponne Mairie.

Au collège, le bouboule du moment se nommait Larcher. Il était petit, gros, disgracieux et mal habillé. Un samedi, nous l'avions invité à se joindre à nous. Il avait pour consigne de nous attendre à l'arrêt Craponne Centre. À l'arrivée du bus, Larcher était là. Ne voyant pas nos têtes, il n'est pas monté. Cachés sous nos sièges, nous nous sommes tous levés d'un bond aussitôt les portes refermées, en lui faisant de grands signes ponctués de bras d'honneur. En carafe au milieu de la route, il regardait le bus s'éloigner. Moi, je riais bruyamment, reconnaissant chez ce garçon en proie aux railleries un sentiment qui m'était familier.

À la curiosité des uns et des autres concernant ce que je voulais faire plus tard, répondaient aussitôt :

Ma mère : « Je le verrais bien dans le commerce ! »

Mon grand-père : « Maquereau ! », ce qui faisait toujours rire ses gendres.

« Architecte », répliquais-je si j'en avais le temps, provoquant chez ma mère un lever d'yeux au ciel comme si j'ambitionnais la présidence de la République.

Nous n'avons jamais discuté de mon avenir avec mon père. Me concernant, il ne s'exprimait d'ailleurs sur rien, pas même mes bulletins de notes de plus en plus désastreux, qu'il signait sans lire. J'ai été radié du collège en fin d'année pour mauvaise conduite et manque de résultats.

Lorsque je suis témoin d'un élan de tendresse entre un père et son fils, je ne peux m'empêcher d'être surpris. Je marque un arrêt, ému de voir que cela se passe si naturellement.

Je n'avais pas envie de faire ma rentrée au collège de notre quartier.

« Alors ? Qu'est-ce que tu décides ?

– Je ne sais pas. »

C'est tout ce que j'étais capable de répondre à la question de mon père.

« Qu'est-ce que tu veux faire, alors ?

– Je ne sais pas. »

C'est tout ce que j'étais capable de répondre à ma mère qui voyait là l'occasion de me reprendre avec elle.

Pour la première fois depuis leur divorce, mes parents devaient communiquer pour décider de mon avenir.

Ma mère attendait dans le hall de l'immeuble.

Mon père et moi sommes descendus la rejoindre.

« Alors, qu'est-ce qu'on fait ?

– Quoi qu'est ce qu'on fait ! »

Leur discussion n'a duré que quelques secondes, puis mon père s'est brutalement retourné pour remonter les escaliers. Les insultes se sont mises à fuser entre eux. Celles de mon père étaient violentes et injurieuses, celles de ma mère froides et humiliantes. Dévalant les seize marches qui les séparaient, mon père a frappé ma mère d'un coup de pied dans le dos qui lui a coupé le souffle.

J'ai demandé à mes grands-parents s'ils voulaient bien m'héberger.

Depuis la séparation de mes parents, mes grands-parents semblaient avoir effacé mon père de leur mémoire.

Quant aux décisions importantes me concernant, ils me rappelaient : « C'est ta mère qui décide. »

Par respect pour eux, je ne parlais jamais de mon père et j'obéissais aux décisions de ma mère.

« Il faut sept ans d'études pour être architecte ! m'a dit ma mère après s'être vaguement renseignée. Sept ans avant de gagner ta vie ! Tu te rends compte ? Si encore on était sûr que tu réussisses ! »

Elle avait de son côté réfléchi à mon orientation. « Et pourquoi pas coiffeur ? Tu es avenant, tu présentes bien. Souviens-toi comme tu aimais coiffer les poupées de ta sœur, et faire les mises en plis de Mamie ! »

J'ai obtempéré.

« Un souci de moins ! » a-t-elle conclu.

Concernant mon avenir, ma mère était *tranquille*.

Lorsque ma mère a des soucis, elle dit toujours : « Vivement que… après on sera bien tranquille. »

Lorsqu'elle est *tranquille*, ma mère s'ennuie.

Ma mère a jugé les deux salons de coiffure que j'avais sélectionnés pour mon apprentissage trop *olé-olé.* Elle m'a choisi le salon Bernard Bredin. Le patron était marié, père de famille et Meilleur Ouvrier de France.

Ma première voiture a été une Renault 5. Je me suis empressé de coller sur le pare-brise une bande pare-soleil imprimée du nom de ma discothèque favorite, Le Pénitencier.

Je laissais toujours espoir aux filles qui flashaient sur moi mais n'allais jamais plus loin que quelques baisers, prétextant auprès de mes potes une réserve sur leur physique, ce qui les rendait admiratifs.

Dix ans que les livres que j'avais commandés étaient perchés sur l'armoire de ma mère. Je ne les ai jamais payés. Curieusement, elle les avait conservés.

Lorsque j'étais seul chez elle, je me masturbais en regardant un dessin en coupe de l'appareil génital masculin.

Dimanche après-midi : conversation avec mes copains dans ma Renault 5 en attendant l'ouverture du Pénitencier

« Et toi Éric, t'as déjà niqué ? »

Comme les autres, j'ai répondu très vite :

« Bien sûr !

– Avec combien de meufs ? »

Les réponses des autres allaient de deux (une aurait fait accident) à trop pour pouvoir les compter. Je me suis engagé sur trois.

« Alors ? Balance les noms ! »

Me réfugiant dernière l'immunité que me conférait ma jolie gueule, j'ai tenté la carte de l'élégance.

« Je peux pas le dire, c'est salaud ! »

À les entendre, les *meufs qui niquent* étaient rares. Nous fréquentions le même groupe de filles. Je savais qu'en en nommant une, les plus queutards allaient se ruer dessus. L'idée qu'elle puisse démentir me terrifiait.

Contrairement à mes compagnons de régiment, je n'avais aucun goût pour la bière. Je rapportais de mes permissions un stock de sachets de Tang, à diluer dans ma gourde en fer. En revanche, j'avais, comme eux, accroché la photo d'une jeune femme sur la porte de mon casier : une carte postale à l'effigie d'Ornella Muti.

C'est au Pénitencier que j'ai entendu dire que Sheila était une chanteuse à pédé. J'ai dissimulé tous ses disques dans mon armoire et acheté un trente-trois tours de Supertramp que j'ai exposé derrière la porte vitrée du meuble hi-fi.

« C'est ton père quand même ! Ça ne te coûte rien d'aller lui dire bonjour ! T'es pas obligé de rester longtemps. »

Curieusement, ma mère me rappelait parfois que j'avais un père. Lui et moi n'étions ni fâchés, ni en conflit : je n'y pensais pas, c'est tout.

J'ai pris ma première cuite pendant mon service militaire, lors d'une manœuvre en Allemagne. Un copain de régiment m'a enregistré sous l'emprise du schnaps. Il m'en a donné la cassette. Je l'ai précieusement conservée et j'en ai fait écouter le contenu à ma mère et ma tante Paulette.

Elles ont bien ri. Ma mère était rassurée. J'étais bien un homme.

Ma mère était inquiète que je démissionne de chez Renato Haute Coiffure pour un poste chez Jacques Dessange. J'avais déjà quitté Bernard Bredin après mon apprentissage alors qu'il m'aurait *volontiers gardé.* Ma mère m'a conseillé de bien réfléchir, cette fois, avant de lâcher de nouveau une *bonne place, pas loin de la maison.* J'ai depuis, dans ma famille, la réputation d'avoir *la bougeotte.*

À mon bronzage permanent, mon jean moulant que je ne pouvais zipper qu'allongé et ma chemise en chambray ouverte sur un débardeur en filet jaune, les filles du Pénitencier me croyaient italien. Je ne démentais pas, fort de l'image de séducteur qu'elles me collaient.

Mon grand-père me prêtait sa puissante Peugeot grise avec des sièges en cuir.

« Ça nous ferait plaisir de te voir. »

Geneviève glissait cette phrase dans la conversation lorsqu'elle me téléphonait pour prendre de mes nouvelles.

Au début et à la fin de mes visites, mon père et moi nous faisions la bise, assortie d'un : « Salut » marmonné, n'engageant ni l'un ni l'autre à ajouter quoi que ce soit. Le reste du temps, mon père fumait et je discutais avec Geneviève de tout et de rien.

Sans préciser qu'elle n'était pas à moi, j'avais stationné la puissante Peugeot grise sous leurs fenêtres.

C'est un matin, en fouillant ma chambre, que ma mère est tombée *par hasard* sur une lettre de mon premier amant, un collègue de travail. Elle est retournée se coucher jusqu'au lendemain, prétextant une crise de foie, et ne m'a pas parlé durant deux jours, ou plus, ou moins, je ne sais plus, mais c'était très long.

La langue de ma mère fourche systématiquement lorsqu'elle est amenée à prononcer le mot *homosexuel.*

3615 JH

J'ai équipé mon premier studio d'un Minitel et n'ai plus jamais donné signe de vie à mes copains du Pénitencier.

J'ai gardé de mon adolescence la faculté d'anticiper toutes situations et pièges potentiels. Un travail que je fais en amont, élaborant des parades à toutes les questions éventuelles. Je prends soin qu'aucune de mes réponses n'en décrédibilise une autre.

Les soirs de solitude, j'allais à La Petite Taverne, discothèque gay de Lyon, d'où j'espérais revenir accompagné. Je m'inventais une destination fictive pour le cas où je croiserais une connaissance.

Raconter à ma mère et mes grands-parents que j'étais passé d'assistant coiffeur à coiffeur m'a pris quelques minutes. J'avais mis dans mon sac peignes et ciseaux pour leur couper les cheveux afin d'occuper la matinée en attendant *Dimanche Martin*, diffusé aux alentours de 15 heures. Tous les dimanches soir je les quittais, chargé de tupperware remplis et de mon linge lavé et repassé.

À la naissance de notre demi-sœur Julie, que mon père venait d'avoir avec Geneviève, il aurait dit être heureux d'avoir enfin un enfant à lui. Je ne m'en sentais ni blessé, ni renié. J'avais, sans même m'en rendre compte, sorti mon père de ma vie, me contentant, par curiosité, de quelques nouvelles de lui, glanées chez les uns et les autres.

Je ne le reverrais qu'une seule fois.

Mes premiers salaires conséquents me permettaient d'acheter mes jeans chez Marithé+ François Girbaud, mes chaussures chez Stéphane Kélian, mon parfum chez Cartier et de m'offrir une Volkswagen Golf neuve que je faisais laver une fois par semaine. La sacoche en cuir que je portais en bandoulière venait de chez Lancel.

Des nouvelles de mon père...

Mon père a fricoté avec une adolescente du camping. Les parents de la jeune fille ont demandé à Geneviève de *tenir son mari*.

Sur la porte en verre du salon Dessange était inscrit : « Management : Éric ROMAND ».

Chaque mois, je commentais scrupuleusement les résultats de mes collaborateurs, prenant soin de surligner en rouge les chiffres en deçà des objectifs et en vert les belles performances avant de les afficher. Y ajouter mes appréciations me donnait une importance jouissive. Christine, ma meilleure amie, me disait que je devenais puant.

D'année en année, les tablées de Noël s'allongeaient. Toute la famille, attendrie devant les premiers pas et les nouvelles quenottes des bambins, se réjouissait que les garçons soient costauds et les filles chipies.

Mes grands-parents offraient aux uns et aux autres poussettes et sièges auto.

Ils me donnaient un chèque :

« Tu t'achèteras ce que tu veux. »

Des nouvelles de mon père...

Mon père a eu un accident de voiture. Les bris de pare-brise ont largement abîmé son visage. Ma sœur Nadine est allée le voir à l'hôpital. Elle m'assure qu'il n'est pas en tort : un automobiliste lui aurait coupé la route.

Ma mère voulait visiter le bel appartement que je lui avais dit colouer avec deux amis.

Sur la sonnette j'avais ajouté, au mien et celui de mon petit copain, le nom de Stéphanie Houdin.

« Vous faites comment pour dormir ?

– Daniel et Stéphanie dans le grand lit et moi sur le canapé.

– Tu dors bien là-dessus ?

– Oui. »

Au terme de sa visite, ma mère m'a dit au revoir, le regard suspicieux. J'ai refermé la porte, délivré, une boule dans l'estomac.

En écrivant ces fragments, j'ai appelé ma mère.

« Maman, puisque tu voyais que j'étais attiré par les garçons, pourquoi tu n'as pas cherché à en discuter avec moi ?

– Ben, j'attendais que tu m'en parles ! »

Sa réponse était d'une logique implacable. Je m'en suis contenté.

Des nouvelles de mon père...

Mon père ne voit plus son frère et sa sœur, propriétaires d'un bar. Ceux-ci l'ont mis dehors après s'être aperçus qu'il leur volait des bouteilles d'alcool.

J'ai songé ajouter un *k* à la fin de mon prénom, que je trouvais banal. J'y ai renoncé par crainte de faire *too much*.

« T'es de plus en plus blonde, chérie ! On dirait la Vartan ! »

« Ma pauvre fille, tu fais du gras, c'est la ménopause ! »

« Tu fais une gueule aujourd'hui ! T'as tes règles ou quoi ? »

La plupart de mes collègues coiffeurs se parlaient au féminin. Les voir débouler dans le réfectoire du salon, hyperinvestis dans leur imitation de Jeanne Mas ou Mylène Farmer, amusait beaucoup le clan hétéro de l'équipe. Mon autorité de manager justifiait que je coupe court :

« Trop de monde ici ! Il faut quelqu'un dans le salon pour accueillir les clientes ! »

J'ai appris plus tard qu'ils me surnommaient *La Pointue*.

Sheila a fait un four au Zénith de Paris.

« Elle est complètement has been la pauvre fille…, commentaient mes collègues gays de chez Dessange. Seuls les secrétaires et les tarlouzes ringardes achètent encore ses disques. »

En concert à Lyon, Sheila n'a rempli que la moitié de la salle. Le lendemain, au réfectoire, j'ai dit y être seulement allé pour accompagner Jeannine, la réceptionniste, qui l'adorait.

Lassé de ma coupe à la George Michael, j'ai arrêté mèches blondes et minivagues pour laisser pousser et colorer mes cheveux en noir, ce qui, d'après mes collègues, me faisait ressembler au beau brun des Modern Talking.

Des nouvelles de mon père…

Mon père a menacé et blessé Geneviève avec un couteau. La police lui a donné un délai de quelques semaines pour quitter définitivement le domicile conjugal.

Geneviève a entamé une procédure de divorce.

J'ai pleuré en raccrochant le téléphone. J'ai pleuré parce que j'avais peur : une peur que je connaissais. Le coup de pied dans le dos de ma mère, les bleus sur ses bras, sa garde-robe déchirée, le fusil pointé sur elle, sur la maison…

Le sachant désormais seul, j'avais peur qu'un jour de trop d'alcool, mon père recommence.

J'ai espéré qu'il meure.

Lors d'un week-end chez mes grands-parents, j'ai laissé mon chèque de salaire de onze mille deux cents francs sur le bahut. Le regard admiratif et envieux de ma tante Paulette, qui m'a avoué avoir *vu sans le vouloir* que je gagnais plus d'une brique par mois, m'a flatté. J'ai pris plaisir à feindre le plus grand détachement.

Mon père est venu chez moi pour me demander d'encaisser sur mon compte bancaire le chèque de son salaire, libellé au nom de Monsieur Romand. N'osant pas refuser, je lui ai rendu ce service sans chercher à comprendre.

Je lui ai donné rendez-vous, dans la rue, quelques jours plus tard pour lui remettre la somme en espèces.

Invité dans les soirées lyonnaises, je m'appliquais à construire des phrases correctes avec liaisons et négations, faisant en sorte de ne pas avoir à utiliser les subjonctifs.

Établissements H. Ricci
Plomberie-Sanitaires-Zinguerie-Tous chauffages

Vaulx-en-Velin, le 8 septembre 1987

À l'attention
de Mme Geneviève Romand

Madame,

Suite à votre demande de renseignements concernant Monsieur Jean Romand, je vous confirme qu'il a été licencié de notre entreprise le 18 mai 1987 pour faute grave. À savoir :

- Dormir pendant les heures de travail
- Retards fréquents
- Absences sans autorisation

Veuillez recevoir, Madame, nos respectueuses salutations.

La Direction

Ma mère était soudeuse dans une usine qui fabriquait des lunettes : la lunetterie Henry Jullien.

D'après elle, les matinées passaient plus vite que les après-midi.

Son chef était très satisfait de son travail.

Des nouvelles de mon père…

Mon père ne paye plus le loyer du garage qu'il a conservé après son second divorce. Décidé à récupérer son bien, le propriétaire a vu, en levant le rideau de fer, une plaque de polystyrène et un sac de couchage. Il a refermé le rideau, estimant qu'il ne pouvait pas expulser un homme en difficulté.

Geneviève a jugé nécessaire de m'en alerter.

Je lui ai répondu que mon père avait toujours tout fait foirer.

« Qu'il se démerde ! »

Puis j'ai raccroché.

Je choisissais avec soin les cadeaux que j'offrais à ma mère.

Je l'ai équipée d'une montre Chanel de contrefaçon, d'un carré Hermès, et de la même bague que celle offerte à la princesse Diana pour ses fiançailles. Je lui demandais d'arborer mes cadeaux lorsque nous sortions ensemble, choisissant pour elle ce qui, dans sa garde-robe, me semblait le moins *cheap*.

Seule informée de mon homosexualité, Christine, ma meilleure amie, était secrétaire dans un cabinet dentaire. Elle était mon alibi dans les mariages familiaux et les événements mondains lyonnais. Lors d'une inauguration, je l'ai présentée à Mme Poizat, une de mes plus importantes clientes.

« Que faites-vous dans la vie, mademoiselle ?

– Elle est dentiste », ai-je dit sans laisser à Christine le temps d'en placer une.

Pour toutes mes clientes, ma mère était opticienne.

Concernant mes grands-parents, je ne mentais jamais : je répondais fièrement qu'ils avaient une épicerie.

Deux policiers sont entrés dans le salon de coiffure. Ils m'ont demandé de les suivre dans leur fourgonnette. Pris d'un coup de chaud, j'ai immédiatement pensé que j'avais dû faire quelque chose de mal.

« Vous êtes un grand garçon ? »

J'ai dit « oui ».

« Votre père s'est donné la mort.

– Quand ?

– Très tôt ce matin.

– Comment il a fait ça ?

– Un coup de fusil, dans sa voiture. »

La mort de mon père, je l'avais plusieurs fois souhaitée. Je n'éprouvais pourtant aucune satisfaction ; aucun chagrin non plus. J'étais sans sentiments, juste soulagé de n'avoir rien fait de mal.

J'ai lu la lettre qu'ils m'ont remise et suis retourné finir le brushing de ma cliente.

Spontanément, c'est chez mes grands-parents que je me réfugiais quand quelque chose n'allait pas. Je m'y suis rendu et leur ai annoncé le suicide de leur ex-gendre. Ne sachant que faire de cette nouvelle, et surtout embarrassés par les sanglots qui me submergeaient tout à coup, ils m'ont proposé de me faire un sandwich. J'ai arrêté de pleurer.

Commissariat de Lyon, 9e arrondissement

« Reconnaissez-vous ce fusil comme étant celui de votre père ? »

Je n'avais jamais détaillé le fusil de mon père mais j'ai vite répondu « oui ».

Sur une enveloppe

« Pour mon fils
Romand Éric
Salon Dessange – Place du Maréchal-Lyautey – Lyon »

Le médecin légiste a refusé que je voie la dépouille de mon père. Je regrette de ne pas avoir insisté. Même si son visage n'était pas visible, j'aurais peut-être pris sa main dans la mienne…

Je crois que non.

Éric,

Je t'écris ces quelques mots pour te dire que je vous adorais tous les trois Julie Nadine et toi et je vous dis adieu

Embrasse très fort tes sœurs

Papa

PS : Ne faites rien pour moi. Rien de rien.

Commissariat de Lyon, 9e arrondissement

« Je n'aurais pas dû le quitter, il ne s'en est jamais remis ! se lamentait ma mère.

– Et les dix ans qu'il vient de passer avec moi, ça compte pour du beurre ? » a répondu Geneviève.

Ni l'une ni l'autre n'ont proposé leur participation aux obsèques.

« Je vous adorais tous les trois... » J'ai relu ce passage cent fois. J'ai longtemps eu du mal à prendre ma part de ces trois mots de mon père. La noirceur de son regard sur moi était bien plus indélébile que l'encre de ces quelques lignes.

Encombré de la dépouille d'un homme dont personne ne voulait plus, que personne ne pleurait, je jugeais injuste de devoir assumer l'organisation et les frais de ses obsèques. Je n'ai pas embrassé mes sœurs comme il me l'a demandé.

Je m'apprêtais à respecter son post-scriptum : « Rien de rien », et à le faire enterrer dans la fosse commune.

Jeudi 15 octobre 1987. Cimetière de Saint-Genis-les-Ollières.

J'ai jeté une poignée de terre sur le cercueil, simulant un chagrin que je n'éprouvais pas. Je me disais que j'aurais dû mettre des lunettes de soleil.

Le matin, j'avais verni les ongles de ma sœur en rouge comme si nous allions à un mariage.

C'est parce que sa sœur Georgette m'a proposé de participer financièrement aux obsèques que j'ai commandé un cercueil pour mon père et qu'il repose auprès de ses parents.

Un sentiment d'épuisement m'envahissait parfois. J'appelais alors ma mère :

« Allô ? »

Je ne pouvais m'empêcher de pleurer.

« Allons bon ! Qu'est-ce qui ne va pas ?

– Je ne sais pas, je me sens fatigué.

– T'es pas malade au moins ?

– Non.

– Tu m'as fait peur ! Allez, arrête de pleurer, tu vas te faire du mal. »

Je continuais à pleurer.

« Tu travailles trop ! C'est les nerfs qui lâchent.

– T'as du Témesta chez toi ?

– Non.

– Fais-moi penser de t'en donner une boîte la prochaine fois qu'on se voit, j'en ai d'avance... »

Amoureux pour la première fois, j'ai décidé d'appeler ma mère. J'avais l'intention de lui dire que j'aimais un garçon, lui formuler enfin ce que j'étais, décidé à conclure par : *Un point c'est tout !*

J'ai à peine eu le temps de prononcer ma première phrase.

« Pour moi ça n'est pas un problème, l'essentiel est que tu sois heureux. »

Elle m'a fauché dans mon élan ; ne m'a même pas laissé l'occasion de lui dire que son avis n'avait plus d'importance.

Je l'ai quand même remerciée.

En mars dernier, j'ai vu mon grand-père pour la dernière fois à la maison de retraite. Nous étions seuls. Il me parlait d'une voix essoufflée. Je le regardais et mes larmes montaient. Je n'osais pas les essuyer, lui feignait de ne pas les voir. Alors qu'il s'était assoupi, je suis sorti prendre l'air. En revenant, je l'ai trouvé paniqué. Il avait besoin d'aller aux toilettes mais n'avait pas appelé l'infirmière. Je lui ai ôté son pantalon, son slip, et l'ai assis sur la cuvette des WC. Je ne comprenais pas pourquoi il m'avait attendu, moi, pour l'assister. J'étais gêné, lui non.

J'ai quitté la maison de retraite après avoir poussé sa chaise roulante jusqu'à la salle à manger. Je l'ai embrassé en lui bredouillant mon bonheur d'avoir passé cette journée avec lui. J'aurais voulu en dire plus mais il m'a interrompu, retrouvant pour un instant son autorité :

« Moi aussi… Allez, file tu vas rater ton train ! »

Samedi 12 mars 2011. Crématorium de Bourg-en-Bresse. Mon grand-père a souhaité être incinéré, sans fleurs, ni couronnes. Les souvenirs défilent. Mon grand-père est mort, et je pleure aussi, enfin, la mort de mon père, Jean.

« Prenez-vous vous-même dans vos bras », me répétait régulièrement ma thérapeute. J'ai fini par le faire un soir de désespoir. Mes premières sensations furent désolation et ridicule. J'ai recommencé chaque fois que je perdais pied.

Je n'avais pas touché à la lettre de mon père pendant vingt-quatre ans, hormis quand je faisais du classement dans mes papiers.

J'éprouvais soudain le besoin de la lire, la relire, dix fois, cent fois. Je respirais l'odeur du papier, traquais une émotion sous les ratures, vérifiais que rien n'était resté dans le fond de l'enveloppe.

J'ai récupéré toutes les photos sur lesquelles il figurait. Je les scrutais, essayant de déchiffrer ses regards.

Je naviguais des heures sur Google Earth, refaisant le trajet du garage où il logeait à l'impasse où il s'est donné la mort.

Je me suis souvenu d'avoir demandé à mon père d'être mon modèle pour l'épreuve de coupe homme du brevet professionnel. Il était arrivé parfaitement à l'heure et fraîchement rasé. Pendant l'épreuve, il se tenait droit, intimidé sous mes ciseaux.

La dernière fois que je suis allé au cimetière, j'ai acheté deux plantes avec des fleurs rouges : une grande, l'autre, un peu moins. En déposant spontanément la grande sur la tombe de mon père, j'ai pensé que mon grand-père m'en voudrait un peu d'avoir la plus petite.

Quel qu'en soit l'objet, lorsque j'exprime de la colère en présence de ma mère, elle baisse le regard.

Quel qu'en soit l'objet, lorsque j'exprime de la colère en présence de ma mère, je l'évite du regard.

« Demandez à votre mère d'écrire en quelques mots votre naissance et votre petite enfance », m'a dit ma thérapeute.

« Tu sais bien que j'écris mal, et puis je fais des fautes d'orthographe ! »

Quelques jours après, j'ai reçu cette lettre :

En septembre 1963, je suis tombée enceinte. J'étais très heureuse et amoureuse. Ma grossesse s'est bien passée. J'ai travaillé jusqu'au dernier jour : Éric est né le 7 mai, jour de l'Ascension, à 16 h 15. Il faisait très chaud. Je suis partie à la maternité dans la nuit. Les douleurs ont commencé vers minuit. C'était trop tôt mais j'étais rassurée ; je me trouvais en sécurité. L'accouchement à été long mais on oublie tout quand on vous met le bébé dans les bras : c'est du bonheur, on n'en revient pas, et bien sûr, c'est le plus beau.

Le retour est un peu compliqué. On ne sait pas trop comment gérer le bain, les biberons, mais ça vient vite.

La reprise a été plus difficile, le stress, mari, parents, beaucoup de choses à affronter. Éric l'a certainement ressenti. Il ne dormait pas la nuit : le docteur me donnait du Gardenal à mettre dans ses biberons.

Nadine est arrivée : j'ai un peu moins travaillé. Éric s'est calmé mais Nadine a pris le relais. On a passé de bons moments tous les trois, dans le parc ou aux Gratte-Ciel où on allait se promener. Mais les soirées étaient longues, j'étais souvent seule et déprimée, jusqu'au jour où j'ai fait une bêtise que je regrette encore. C'était lâche et je m'en veux beaucoup. C'est ma sœur qui m'a sauvée. En repensant à tout ça aujourd'hui, je me demande comment mes enfants l'ont vécu.

J'ai commencé à écrire…

Londres, 1er janvier 2012 : j'ai bien l'intention de jouir de ce premier voyage avec toi. Je suis heureux, mais je suis triste. Nous sommes sur le point d'aller dîner. Tu prends une douche. Allongé sur le lit, je te regarde sortir de la salle de bains. Tu enchaînes les pitreries. Je rigole. Je te regarde et je me dis : je l'aime.

Je suis triste mais j'ai décidé d'être heureux.

Seul, j'écoute encore parfois les chansons de Sheila. Elle est comme une vieille amie, qui vous sert toujours les mêmes rengaines, mais qu'on appelle de temps en temps, par nostalgie.

Remerciements

Un grand merci à Bénédicte Fossey, Joëlle Benchimol, Mirna Martinez-Pregnan, Alina Gurdiel, Manuel Carcassonne, Capucine Ruat et toute l'équipe des éditions Stock.

Cet ouvrage a été composé
par PCA à Rezé (Loire-Atlantique)
et achevé d'imprimer en août 2017
par l'Imprimerie Floch
à Mayenne
pour le compte des Éditions Stock
21, rue du Montparnasse, 75006 Paris

Imprimé en France

Dépôt légal : août 2017
N° d'édition : 02 – N° d'impression : 91344
67-51-1366/4